हिन्द पॉकेट बुक्स

मंगल की यात्रा

बच्चों में विज्ञान के बारे में जानकारी को बढ़ावा देने और उनमें वैज्ञानिक रुचि बनाने के लिए यह पुस्तक प्रकाशित की गई है।

'मंगल की यात्रा' में कहानी के साथ-साथ ज्ञान की बातें, हमारे सौरमण्डल के अन्य ग्रहों की पृथ्वी से दूरी एवं बहुत-सी अन्य जानकारियां सरल भाषा में रोचक ढंग से दी गयी हैं।

इसमें कहानी एवं ग्रहों की स्थिति को रेखाचित्रों के साथ प्रस्तुत किया गया है, ताकि बच्चे आसानी से हमारे सौरमण्डल के ग्रहों के बारे में भी जान जाएं। अंत में प्रश्नोत्तरी भी दी गई है, ताकि पाठक अपनी परीक्षा स्वयं ले सकें।

सुरुचिपूर्ण एवं प्रेरणादायक सचित्र विज्ञान-कथाएँ

मंगल की यात्रा

जोगेन्द्र सक्सेना

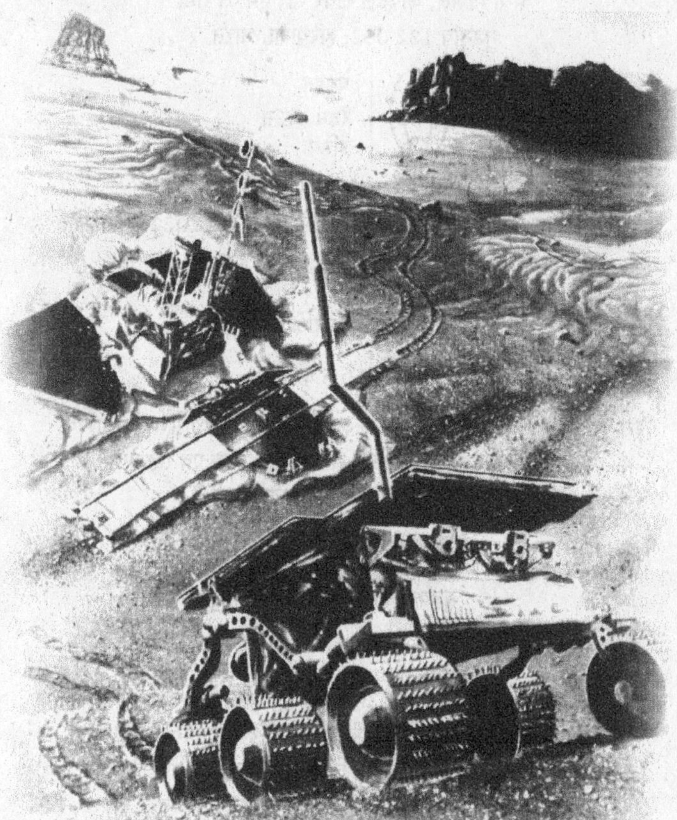

हिन्द पॉकेट बुक्स
पेंगुइन रैंडम हाउस इम्प्रिंट

हिन्द पॉकेट बुक्स

यूएसए | कनाडा | यूके | आयरलैंड | ऑस्ट्रेलिया | सिंगापुर
न्यू ज़ीलैंड | भारत | दक्षिण अफ़्रीका | चीन

हिन्द पॉकेट बुक्स, पेंगुइन रैंडम हाउस ग्रुप ऑफ़ कम्पनीज़ का हिस्सा है,
जिसका पता global.penguinrandomhouse.com पर मिलेगा

पेंगुइन रैंडम हाउस इंडिया प्रा. लि.,
चौथी मंजिल, कैपिटल टावर -1, एम जी रोड,
गुड़गांव 122 002, हरियाणा, भारत

पेंगुइन
रैंडम हाउस
इंडिया

प्रथम संस्करण हिन्द पॉकेट बुक्स द्वारा 2011 में प्रकाशित
यह संस्करण हिन्द पॉकेट बुक्स में पेंगुइन रैंडम हाउस द्वारा 2022 में प्रकाशित

10 9 8 7 6 5 4 3 2

इस पुस्तक में व्यक्त विचार लेखक के अपने हैं, जिनका यथासंभव तथ्यात्मक
सत्यापन किया गया है, और इस संबंध में प्रकाशक एवं सहयोगी
प्रकाशक किसी भी रूप में उत्तरदायी नहीं हैं।

ISBN 9789353491864

मुद्रकः रेप्रो इंडिया लिमिटेड

www.penguin.co.in

FSC
www.fsc.org
MIX
Paper from
responsible sources
FSC® C047271

This is a legitimate digitally printed version of the book and therefore might not
have certain extra finishing on the cover.

मंगल की यात्रा

"हेलो चालक, हेलो, हेलो चालक यह पृथ्वी है। तुम्हारा क्या समाचार है? यान कैसा काम कर रहा है?" पृथ्वी पर स्थापित अंतरिक्ष नियंत्रण केन्द्र के वैज्ञानिक चिल्लाते हुए रह गए।

यह बात उस समय की है जब विश्व के विज्ञान और टेक्नोलॉजी में अग्रसर देश अभी तक यही समझे बैठे थे कि इस क्षेत्र में अमेरिका और रूस के अतिरिक्त उनसे आगे और कोई भी नहीं बढ़ पाया है। वे यही समझ रहे थे कि राकेटबाजी और उड़ाकों को अंतरिक्ष में भेजने में अभी केवल इन्हीं दो देशों में होड़ लगी हुई है।

इनके अतिरिक्त कोई और भी देश अपने चालक को अंतरिक्ष में भेजने की कल्पना भी करने का दुःसाहस कर सकता है, इसका किसी को अनुमान तक नहीं था। भारत अंतरिक्ष में अपने किसी उड़ाके को भेज सकता है, यह एक आश्चर्यजनक घटना थी। लेकिन एक दिन जब विश्व के प्रमुख सामाचार पत्रों ने मोटे-मोटे अक्षरों में समाचार दियाः

भारत का यान अंतरिक्ष के चक्कर लगाता हुआ

....भारत ने अपना सचालक यान अंतरिक्ष में भेजा।

यान पृथ्वी के दो चक्कर लगाकर लापता।....

तो वैज्ञानिक देश दांतों तले अंगुली दबाकर रह गए। उनके लिए यह एक दुर्घटना थी। सबसे आश्चर्य की बात थी यान का अंतरिक्ष से बिना किसी संकेत के मिले ही लापता हो जाना।

पहला चक्कर पूरा कर लेने पर जब उसने अपना दूसरा चक्कर शुरू किया तो उस समय तक पृथ्वी से लगातार सम्पर्क स्थापति था। उसका चालक अपने अनुभव और यान की कार्य-क्षमता का हाल बराबर देता जा रहा था। किन्तु जैसे ही यान दूसरा चक्कर पूरा करने के करीब आया, उसकी आवाज़ मंद पड़नी शुरू हो गई। चक्कर पूरा होते-होते वह कहीं खो गया और पृथ्वी से उसका संपर्क टूट गया।

उड़नतश्तरी पृथ्वी की सतह पर आती हुई

चालक की कहानी

उधर दूसरे चक्कर का तीन-चौथाई भाग समाप्त कर लेने पर मुझको; (चालक को) एक झटका-सा लगा और यान अपनी पृथ्वी के चारों ओर घूमने वाले कक्ष से हटकर अनन्त की ओर दौड़ चला। मुझको महसूस हुआ जैसे कोई अज्ञात शक्ति यान को पृथ्वी से दूर खींचे लिए जा रही है और वह अन्धाधुन्ध उसी ओर दौड़े चला जा रहा है। मैंने कुछ संभलने पर यान के स्वचालक (आटोमेटिक) को बन्द करके उसका चालन अपने हाथों में लेना चाहा। लेकिन मुझे लगा जैसे उसके स्वचालक अपने-अपने स्थान पर जम गए हैं और अब मेरे वश में कुछ भी नहीं हैं। मुझे लगा जैसे यान की रफ़्तार लगातार बढ़ती जा रही है। मुझे यह भी डर हुआ कि कहीं चाल के बढ़ने पर यान के बाहरी खोल को नुकसान न पहुंचे। 'यदि ऐसा हुआ तो फिर?' मेरा दिल धक् से रह गया। मैं इसके आगे कुछ भी न सोच सका। मुझको चक्कर-से आने लगा।

कुछ स्वस्थ होने पर मैंने पथ्वी से फिर संबंध मिलाने के विचार से अपना रेडियो यंत्र आवाज़ों से भर गया और तरह-तरह के शब्द उससे

निकलने लगे जिनका सिर-पैर कुछ भी समझ पाना असंभव था। कुछ देर बाद मैंने सुना जैसे कई यान मेरे चारों ओर उड़ रहे हैं।

मैंने अपने यान का दृश्यपटल चालू कर दिया। मैंने देखा, अंतरिक्ष में सोलह विमान और उड़ रहे थे–एक ठोस बंद बक्से की शक्ल में–चार आगे, चार पीछे, चार बाएं और चार दाएं। उनकी बनावट भी विचित्र थी। लगता था जैसे उन्हें एक तश्तरी और एक गोले को जोड़कर बनाया गया था। तश्तरी चपटी-सी और उस पर समतल गोला खड़ा–अंग्रेजी टोप की शक्ल में। आगे चलकर जैसा कि मुझे पता चला, अपनी इस आकृति के कारण वे विमान किसी भी दिशा में, बड़ा-सा चक्कर लगाए बिना, आसानी से घूम जाते थे। वे सीधे ज़मीन पर उतर जाते थे और वहां से वैसे ही ऊपर उठ जाते थे। वज़न में भी हल्के-फुल्के थे। इसलिए वे सीधे छतों पर उतर सकते थे और वहीं से ऊपर ही ऊपर उड़ाए जा सकते थे। ये विमान बेहद तेज़ रफ़्तार से कितनी ही दूर तक उड़ सकते थे। छोटे-से विमान में चालक के अतिरिक्त चार व्यक्तियों के बैठने का स्थान रहता था।

इस प्रकार के विमान गश्त लगाने के काम आते थे और बहुधा अपने खास स्थान की सीमाओं तक ही उड़ते रहते थे। दूर जाने पर चार-चार की टुकड़ी में रहते थे। इस समय वे सोलह एक साथ थे।

मेरा नाम कैप्टन सोम बिसारिया है। मुझको अब सोलह अंतरिक्ष यानों का रहस्य समझ में आया। मैंने देखा कि यानों की उस चारों दिशाओं की स्थिति के कारण मेरा विमान केन्द्र में इस प्रकार टिक गया था, जैसे चारों ओर एक-सी शक्ति के चुम्बकों से आकर्षित होकर लोहे का टुकड़ा अधर में ठहर जाता है।

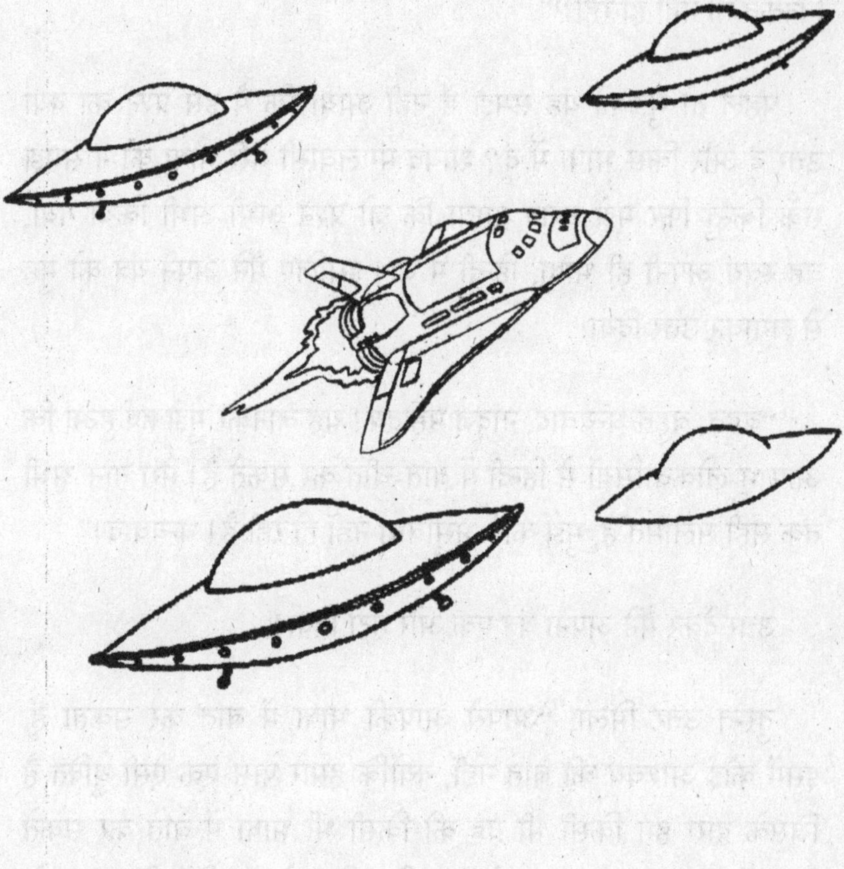

मंगल ग्रह के यान पृथ्वी के अंतरिक्ष यान को घेरते हैं

कुछ देर तक अंतरिक्ष यानों के साथ बढ़ते रहने के बाद मैंने अपने दूरभाष यंत्र पर सुनाः

"हेलो! हेलो! भूलोक-यात्री, मैं मंगल ग्रह के यानों का उच्चाधिकारी नाद्ज बोल रहा हूं। कहिए, आपको हमारे यानों के साथ चलने में कोई दिक्कत तो नहीं हो रही?"

पहले तो मुझको यह समझ में नहीं आया कि मै इस प्रश्न का क्या उत्तर दूं और किस भाषा में दूं? शायद मंगलवासी मेरी भाषा को न समझ सकें किन्तु फिर मुझे ध्यान आया कि जो प्रश्न अभी-अभी किया गया, वह स्वयं अपनी ही भाषा, हिन्दी में था। इसलिए मैंने अपने यंत्र को मुंह से लगाकर उत्तर दियाः

"बहुत, बहुत धन्यवाद, नाद्ज महोदय! यह जानकर मुझे हर्ष हुआ कि आप भू-लोकवासियों से हिन्दी में बात-चीत कर सकते हैं। मेरा यान अभी तक सही सलामत है, मुझे कोई असुविधा नहीं हो रही है। धन्यवाद।"

उत्तर देकर मैंने अपना यंत्र एक ओर हटा दिया।

तुरन्त उत्तर मिला, "आपसे आपकी भाषा में बात कर सकता हूं, इसमें कोई आश्चर्य की बात नहीं, क्योंकि हमारे पास एक ऐसी युक्ति है जिसके द्वारा हम किसी भी ग्रह की किसी भी भाषा में बात कर सकते हैं। हमें केवल यह मालूम होना चाहिए कि कौन व्यक्ति किस ग्रह के किस भाग का निवासी है।"

"कमाल है!" मेरे मुंह से निकल गया।

"हां, आपके लिए यह कमाल हो सकता है, क्योंकि आपके यहां विज्ञान अभी तक अपने बचपन में ही है। हमारी जितनी उन्नति कर लेने पर आपके लिए भी यह एक साधारण-सी बात हो जाएगी।" तुरन्त उत्तर मिला।

"शायद।" मैंने उत्तर दिया।

"नहीं, इसमें 'शायद' जैसी तो कोई बात नहीं है। वैज्ञानिक उन्नति की यह देन है जो आपको एक दिन स्वयं ही आसानी से प्राप्त हो जाएगी।" उत्तर मिला।

"ऐसा होने पर तो हमारी बहुत-सी समस्याओं का हल हो जाएगा। अभी तक तो हम अपने यहां की भाषा की समस्या को भी हल नहीं कर पाए हैं।" मैंने बताया।

नाद्ज ने मेरी इस बात का कोई सीधा उत्तर न देकर केवल इतना ही कहा, "समय पर सब ठीक हो जाएगा। मंगल के वैज्ञानिकों से बात करने पर आपको बहुत-सी नई बातें मालूम होंगी।"

विमान बड़ी तेज़ गति से उड़े चले जा रहे थे। मैंने जब अपने विमान के गति-सूचक डायल पर दृष्टि दौड़ाई तो मेरा दिल धक् से रह गया। सुई अधिकतम गति सीमा पर आकर जाम हो गई थी। गति के अधिकतम सीमा पार करने के बाद भी बराबर बढ़ते रहने के कारण सुई पर इतना अधिक दबाव पड़ रहा था कि वह अपने स्थान पर तनी खड़ी थी। विमान की अधिकतम गति सीमा केवल 80,000 किलोमीटर प्रति घंटा थी जो कभी की पार हो चुकी थी। उस समय हमारी रफ़्तार एक लाख साठ हजार किलोमीटर प्रति घंटे से कम नहीं रही होगी।

मैंने तुरंत अपने दूरभाष यंत्र पर पूछा, "हेलो, नाद्ज महोदय! मैं बिसारिया बोल रहा हूं। मैं विमानों की गति के बारे में आपसे कुछ जानना चाहता हूं?"

"हां, हां! पूछिए। शौक से।" नाद्ज ने तुरंत उत्तर दिया।

"देखिए, मुझे लग रहा है, हमारे विमानों की रफ़्तार इस समय लगभग एक लाख साठ हजार किलोमीटर प्रति घंटा के आस-पास है।"

"जी हां, आपका अनुमान सही है। विमान की रफ़्तार इस समय ठीक एक लाख बत्तीस हजार किलोमीटर प्रति घंटा है।"

"लेकिन मेरा विमान तो इतनी अधिक रफ़्तार के लिए बनाया नहीं गया है। इससे इसे कोई नुकसान तो नहीं पहुंचेगा?"

"आप इसकी चिन्ता न करें, श्रीमान् बिसारिया! विमानों की रफ़्तार तो अभी और भी अधिक बढ़ेगी। तीन लाख बीस हजार किलोमीटर प्रति घंटा की रफ़्तार से यात्रा करके हम कहीं सात-आठ दिनों में मंगल तक पहुंच सकेंगे। आपको पता है, पृथ्वी ग्रह से उसकी दूरी 5,60,00,000 किलोमीटर के आस-पास है। हम तभी यात्रा करते हैं जब यह पृथ्वी के सबसे करीब होता है।

"हे भगवान! फिर यह विमान कैसे बच सकेगा?"

"मैंने आपसे कहा न कि आपके विमान को कोई क्षति नहीं पहुंचेगी।"

"लेकिन कैसे? मेरे तो कुछ भी समझ में नहीं आ रहा है।"

"आप अपने यान की मशीनों को चलाकर देखिए।" नाद्ज ने कहा।

मैंने अपने विमान की मशीनों को चलाया, किन्तु वास्तव में वे मौन रहीं। टस से मस तक न हुई।

"नाद्ज महोदय, आपकी बात तो ठीक है। यह भी देख रहा हूं कि बराबर बढ़ती हुई गति से न तो विमान को ही कोई हानि हो रही है और न मुझे ही किसी प्रकार की तकलीफ हो रही है।" मैंने उन्हें बताया।

"जी हां, यह इस कारण कि आपके विमान की स्थिति केन्द्र में है। हम पृथ्वी के अंतरिक्ष विमानों की क्षमता को अच्छी तरह जानते हैं और इसीलिए हमने यात्रा की यह व्यवस्था की है।" नाद्ज ने समझाया।

"आश्चर्य है। आप हमारे संबंध में इतना सब कुछ जानते है!"

"नहीं, इसमें आश्चर्य की कोई बात नहीं। हम पृथ्वी पर बहुधा आते-जाते रहते हैं। आप जिन्हें उड़नतश्तरियां कहते हैं, वे हमारे विमान हैं। जब हम भू-लोक पर किसी प्रकार की चर्चा छेड़ना चाहते हैं, अपने अदृश्यपटल को हटा देते हैं। वैसे आते-जाते समय हमारे विमान हमेशा अदृश्य और शांत रहते हैं। उन्हें कोई देख नहीं पाता, कोई सुन नहीं पाता। देखिए अपने दृश्यपटल पर।"

मैंने देखा, वास्तव में मेरे विमान के आस-पास कुछ भी नहीं था। वह अकेला एक तारे के समान आगे बढ़ा जा रहा था। मैंने कुछ और भी

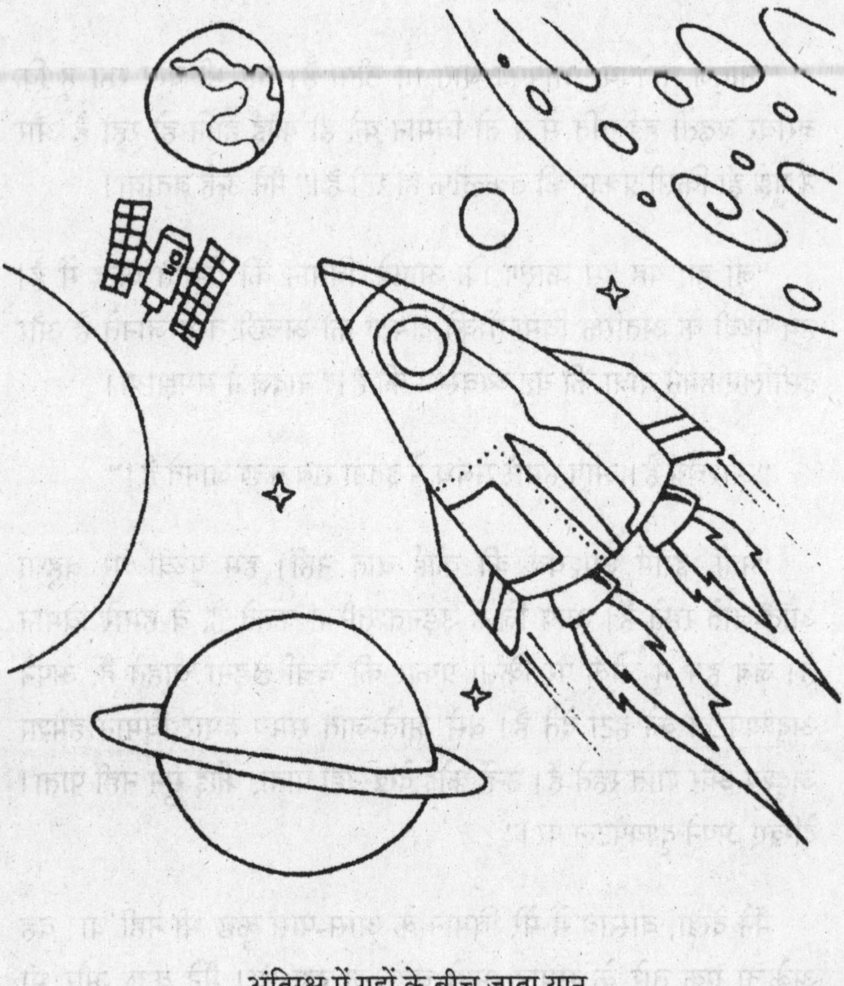

अंतरिक्ष में ग्रहों के बीच जाता यान

देखा। मैंने अपने विमान से कुछ न दिखाई देने वाली तरंगे झिलमिलाती हुई देखी। वे वास्तव में चुम्बक तरंगे थीं, जिसके द्वारा विमान मंगल के विमानों के साथ जकड़ा हुआ था।

विमानों से हटकर अब मेरा ध्यान अंतरिक्ष में खो गया। मैंने देखा, अंतरिक्ष की काली चादर पर अनगिनत छोटे-बड़े तारे जुड़े हुए थे। सबसे निकट और सबसे बड़ा तारा जो मुझे नजर आया, वह स्वयं पृथ्वी थी। वह एक नीले पर्दे से ढकी हुई थी। उसके बीच में वह एक दूधिया चमकदार गोले के समान जगमगा रही थी। मैंने और ध्यान से देखा। अपनी दाहिनी ओर मुझे एक और जगमगाता तारा नजर आया जो पृथ्वी से छोटा था। जैसा वह मुझे नजर आया, उसका वर्णन करना कठिन है। वह चन्द्रमा था। उसके पर्वत और क्रेटर आदि स्पष्ट नजर आ रहे थे, वहां से। बुध और शुक्र बाईं ओर दूर नजर आ रहे थे। मंगल की आकृति दृष्टिपटल पर धीरे-धीरे स्पष्ट होती जा रही थी। इस समय वह अष्टमी के चन्द्रमा के समान नजर आ रहा था, जिसका आधा भाग अंधेरे में डूबा हुआ था। इसके आधे भाग पर ऊपर उठे हुए शिखर क्या थे, यह अभी समझ पाना कठिन था, क्योंकि मंगल अभी भी बहुत दूर था। अभी मुझे छः दिन की यात्रा और करनी बाकी थी। मुझे पृथ्वी से चले अभी केवल दो ही दिन तो हुए थे।

"हेलो, कप्तान बिसारिया! किन विचारों में खो गए हैं आप?" नाद्ज ने पूछा।

"क्या बाताऊं आपको!" मैंने चौंककर कहा, "जो दृश्य आपके लिए रोज घटने वाली मामूली चीज हैं, उन्हीं को बैठा-बैठा आश्चर्य से देख रहा हूं। शरीर में एक फुरफुरी-सी भरती जा रही है। अपने चारों ओर इन असंख्य

तारों को जगमगाता हुआ देखकर मैं किसी और ही दुनिया में पहुंचता जा रहा हूं। यान ज्यों-ज्यों आगे बढ़ता जा रहा है, इस अनन्त की गहराई भी उतनी ही गहरी होती जा रही है। कितना विशाल है यह ब्रह्माण्ड? कहीं इसका ओर-छोर नजर आता है आपको?"

"नहीं, कप्तान बिसारिया! वैसे भी ब्रह्माण्ड की इस विशालता और इसके रहस्यों में खोने का प्रयत्न न करें। क्योंकि जितना यह विशाल है, इसका रहस्य भी उतना ही गहन है। लेकिन आपके ऋषियों-मुनियों ने तो ब्रह्माण्ड पर काफी विचार किया!" नादूज़ ने कहा।

"हां, किया तो है, किन्तु आपको यह कैसे मालूम है? मैंने चकित होकर पूछा।

आपको मेरी बातें सुनकर बार-बार आश्चर्य हो रहा है। किन्तु हमारे अंगारक ग्रह पर तो, जिसे आप लोग मंगल ग्रह कहते हैं, आपके इन विचारों को हर कोई जानते हैं। खैर छोड़िए इन बातों को। हम आपके यहां के सब हालात अच्छी तरह जानते हैं। इस समय आप लोगों पर पश्चिमी विज्ञान और वहां के रहन-सहन का पूरा प्रभाव है।"

"जी हां, आपका यह कहना बिल्कुल सही है, लेकिन..."

"इन बातों के लिए अपने पास समय बहुत बाकी है। अब आप आराम कीजिए। नमस्कार।" और यंत्र बन्द हो गया।

इस प्रकार अंतरिक्ष के नित नये एक से एक अनोखे और आश्चर्य में डाल देने वाले दृश्यों को देखते और उनके बारे में नई-नई जानकारियां प्राप्त करते तीन-चार दिन यानी 80 घंटों से ऊपर गुज़र गया। इसी बातचीत

में एक बार नाद्ज ने मुझसे कहा, "हम लोग भारत पर बहुधा आते-जाते रहते हैं। हमारे उतरने के स्थान बड़े गोपनीय हैं।

भारतवासियों और वहां की प्राचीन परम्पराओं में हमारी बड़ी रुचि है। हम लोग विज्ञान में इतने आगे बढ़े हुए हैं कि हम विश्व के किसी भी भाग में उतर सकते हैं। किसी भी स्थान का मौसम, ठंडा से ठंडा उत्तरी टुण्ड्रा, दक्षिणी ध्रुव, तवे-से जलते रेगिस्तान, उफनती नदियां, तूफानी सागर, हमारे लिए कोई बाधा नहीं बनते।"

"आपकी यह बात मेरी बहुत-सी शंकाओं को पक्का कर रही है।" मैंने कहा।

नाद्ज ने बड़े आत्मीय ढंग से कहा, "प्राचीन भारतीय संस्कृति को इस समय चाहे आप लोग भूलते जा रहे हों लेकिन उसके हम बड़े हिमायती हैं। अब आपके वैज्ञानिक कार्यों में हमारी दिलचस्पी बढ़ रही है। हमें आपकी इस अंतरिक्ष उड़ान से सचमुच बड़ा अचम्भा हुआ है क्योंकि इसकी सभी तैयारियां इतनी गुपचुप और चुस्ती से की गई हैं कि हमें भी उनका पता नहीं लग पाया। इससे पहले उपग्रह को पृथ्वी की कक्षा में स्थापित करने की कोशिश केवल धोखे की पट्टी लगती थी।"

नाद्ज की इस बात को सुनकर मुझे हंसी आ गई लेकिन मैंने उसे किसी तरह दबाकर आगे सुना, "आपके इस वैज्ञानिक कार्य की तरफ अब हमारा खास ध्यान आकर्षित हुआ है और इसलिए हम आपसे सहयोग करना चाहते हैं।"

मंगलवासी बेड़े के कप्तान की इस बात को सुनकर मुझे बड़ा सुख

मिला। मैंने खुशी से कहा, "नाद्ज, आपकी यह बात मुझे बड़ी प्रिय लगी है। इससे हम लोगों को आपसे बहुत सीखने को मिलेगा।"

रेडियो यंत्र पर नाद्ज हंसी सुनाई पड़ी। उसने बड़े संतोष के साथ कहा, "हां, आप लोग अब इस स्थिति में आ चुके हैं जहां से हम लोगों का साथ-साथ काम करना संभव हो सकता है। खैर, अब आप आराम कीजिए, कप्तान बिसारिया! आठ घंटे बाद मैं फिर आपसे बात करूंगा। हां, आपके पास खाने-पीने का सामान तो है?"

"जी हां, करीब पन्द्रह-बीस दिनों (360 से 480 घंटों) के लिए मेरे पास काफी समान है।" मैंने कहा।

"वाह, तब तो आप काफी लम्बी उड़ान का इन्तजाम करके आए हैं, कप्तान बिसारिया!" किसी ने बीच में ही चुटकी लेते हुए कहा और फिर इस प्रकार दखल देने के लिए नाद्ज से क्षमा मांगी, "डूवार नाद्ज, यह बात एक ऐसे दौर में आ पहुंची थी कि मैं स्वयं को और अधिक चुप न कर सका।" (पोडूवार, डूवार, ओडूवार, वा-सौडूवार– ये सब वायुसेना के पदनाम हैं।)

"कोई बात नहीं, पोडूवार हर्टन! इस बात पर मुझे भी हंसी आ रही थी।" नाद्ज ने अब खुलकर हंसते हुए मुझसे कहा, "बीच में दखल देने वाले ये मेरे साथी हर्टन हैं। बड़े जिन्दादिल व्यक्ति हैं।"

इतने में हर्टन का स्वर फिर सुनाई दिया। उसने मुझे संबोधित करते हुए कहा, "नमस्कार, कप्तान साहब, हम आपको अब अपने यहां से जाने नहीं देंगे। हम आपके सही-सलामत होने की सूचना पृथ्वी पर भेज देंगे।"

लेकिन बीच में नाद्ज ने बात काटते हुए कहा, "नहीं, ऐसी कोई बात नहीं है। आप हर्टन की बात पर ध्यान न दें।"

मैंने शांत स्वर में उत्तर दिया, "नहीं, मुझे कोई चिंता नहीं है। मैं अपने पुराने मित्रों के साथ हूं।

मेरी इस युक्ति-भरी बात को सुनकर दोनों खुश हो गए। साथ में बेड़े के अन्य यानों से भी खुशी-भरी आवाजें सुनाई पड़ी।

"खैर, अब आप आराम कीजिए।" नाद्ज ने कहा और रेडियो-सम्पर्क खत्म हो गया।

मैं अभी ठीक से जगने भी नहीं पाया था कि मैंने नाद्ज को रेडियो यंत्र पर जल्दी-जल्दी बोलते हुए सुना। मैं स्वस्थ होकर बैठ गया।

रेडियो यंत्र से आते हुए, "हेलो, हेलो, कप्तान बिसारिया, हेलो, हेलो कप्तान बिसारिया!" के उत्तर में मैंने कहा, "नमस्कार नाद्ज महोदय! कहिए, क्या समाचार हैं? कोई खास बात?"

"जी हां, जरा सावधान रहिए। किसी शत्रु ग्रह के विमान देखे गए हैं। हमारे युद्ध विमान उनका मार्ग रोकने के लिए आगे पहुंच चुके हैं।" नाद्ज ने समाचार देते हुए कहा।

वाह! तब तो इस युद्ध का दृश्य बड़ा जोशीला रहेगा। देखने में बड़ा मजा आएगा। लेकिन इतनी दूरी से उसे कैसे देख सकेंगे?" मैंने कुछ गिरे हुए स्वर में कहा।

"आप इसकी चिन्ता न करें। अब हम लोग सोम (चन्द्रमा) की ओर लौट रहे हैं। वहीं अपने आधार शिविर से देखेंगे। वैसे तो यहां से भी हम देख सकते हैं।" नाद्ज ने कहा।

"ठीक है, वहीं चलिए। अपने निशिनाथ (चन्द्रमा) के भी दर्शन कर लेंगे।" मैंने उत्साह के साथ कहा। इस समय हमारे विमान चन्द्रमा और पृथ्वी के बीच जो दूरी है, उससे भी आगे निकल गए थे। पृथ्वी से चन्द्रमा की दूरी 3,82,144 किलोमीटर है। मेरी खुशी का ठिकाना न रहा, यह सोचकर कि हम चन्द्रमा पर कुछ दिन ठहरेंगे।

चन्द्रमा की ओर बढ़ते समय नाद्ज मुझे युद्ध-विमानों का हाल बराबर बताते चल रहे थे। शत्रु के विमान अभी काफी दूरी पर थे और दोनों और के युद्ध विमानों में टक्कर होने में कई दिन लगने की संभावना थी।

नाद्ज ने बताया, "ये विमान शुक्र ग्रह की ओर आ रहे हैं। शुक्र ग्रह पर अमेरिका के दो पायोनियर अंतरिक्ष उतर चुके हैं और उनके द्वारा भेजी गई सूचना के अनुसार शुक्र के धरातल का तापमान 500 अंश सेंटीग्रेड है। इतने अधिक तापमान में किसी जीवन का होना संभव नहीं। आपको आश्चर्य हो रहा होगा कि उस जीवन विहीन ग्रह के विमान लड़ने के लिए आ रहे हैं! यह सूचना देकर नाद्ज चुप हो गए। मैं चुप रहा, लेकिन मैं अब मंगल के बारे में सोचने लगा था।

मंगल सौरमण्डल का हमारा चौथा साथी ग्रह है। पहला बुध, दूसरा शुक्र, तीसरा स्वयं पृथ्वी, पांचवां गुरु, छठा शनि, सातवां उरण (यूरेनस), आठवां वरुण (नेपच्यून), नवां प्लूटो। बुध सूर्य के सबसे निकट और प्लूटो सबसे दूर है।

सौरमण्डल का परिवार

इसका ज्वालामुखी से बना भाग, निक्स ओलम्पिका, पृथ्वी के ज्वालामुखी वाले भागों से कहीं बड़ा है।

मुझको मेरीनर द्वारा 1971 में भेजा गया चित्र याद आया – ऊबड़-खाबड़ बेतरतीब फैले मैदान, तूफानी बाढ़ के पानी को बहाकर ले जाने वाली 40 किलोमीटर चौड़ी और सैकड़ों किलोमीटर लम्बी नहरें। इनके संगम पर बने, आंसू की बूंद की शक्ल के मार्ग। कुछ जलधाराएं तो दक्षिण अमेरिका की दूसरी सबसे बड़ी नदी अमेजन से भी कहीं अधिक बड़ी और तेज होंगी।

मंगल पर भी वैसी ही आंधियां उठती हैं जैसी राजस्थान में थार के रेगिस्तान में। 1971 में जब मेरीनर मंगल के निकट पहुचा, एक सफेद बादल का टुकड़ा-सा नजर आया। कुछ ही देर में वह बढ़कर भयंकर रेतीली आंधी के रूप में बन गया। केवल 16 दिनों में उसने 12,000 किलोमीटर भाग को ढक लिया।

चन्द्रमा को निकट से देखकर मैं अपनी सीट पर उछल पड़ा। चन्द्रमा देखने पर इतना सुन्दर होगा, इसकी मैंने आशा नहीं की थी। जब हम उसकी ओर जा रहे थे तब उसको वह चमकता हिस्सा दिखाई दिया जो सूरज की ओर था, और जिसे हम पृथ्वी से रात में देखा करते हैं। यान अब उसके आमावस्या वाले, यानी अंधेरे हिस्से की ओर पहुंच गए थे।

मैं फिर अपने विचारों में खो गया और मंगल के बारे में जानी हुई बातों को याद करने लगा।

मंगल का एक वर्ष 687 पृथ्वी के बराबर और दिन 24 घंटा और 37

चन्द्रमा को करीब से निहारता कप्तान बिसारिया

अंतरिक्ष विमान को हेंगर में देखकर चौंकता कप्तान बिसारिया

मिनट के बराबर होता है। पृथ्वी से देखने पर यह लाल नजर आता है जो शायद इस पर उठने वाली रेतीली आंधियों के कारण होता है।

मंगल का व्यास पृथ्वी के 12,640 किलोमीटर व्यास के मुकाबले 6,720 किलोमीटर है। इसका लगभग आधा धरातल ज्वालामुखियों से बना है। जिनमें बड़ी-बड़ी घाटियां और दरारें दिखाई पड़ती हैं। विशाल जलधाराएं हैं। ध्रुवों पर सूखी बर्फ, कार्बन डायोक्साइड, मजा हुआ है।

मंगल में दो चन्द्रमा हैं। पहला 26,000 किलोमीटर और दूसरा 16,400 किलोमीटर की ऊंचाई एक के बाद एक चक्कर लगाते हैं। कभी-कभी दोनों एक साथ दिखाई देते हैं।

नीचे के विमान चन्द्रमा की धरती पर उतर चुके थे। बीच के उतर रहे थे, और साथ में मेरे विमान को भी धीरे-धीरे नीचे ले जा रहे थे। धरातल से थोड़े ऊपर रहने पर बीच और ऊपर के विमानों ने अपना चुम्बकीय सम्पर्क मेरे यान से हटा लिया था और वे केवल नीचे के विमानों के सहारे नीचे उतर रहा था। ऐसा लग रहा था जैसे पतंग को डोरी खींचकर नीचे उतारा जाता है, वैसे मैं भी नीचे चला आ रहा था। मेरा यान बिना किसी झटके के तीन पायों पर आकाश की ओर सिर उठाकर शांत खड़ा हो गया। मंगल के सभी यान नीचे उतर चुके थे और ज़मीन पर मुर्गी की तरह चिपके बैठे हुए थे।

अब वह समय आ पहुंचा था जब कि सभी विमान चालकों को अपने-अपने अंतरिक्ष यानों से निकलकर बाहर आना था। मैं अपने यान से बाहर निकलकर यही सोच रहा था कि ये मंगलवासी किस रूप-रंग और शक्ल-सूरत के होंगे कि तभी मैंने अपने निकट किसी को बोलते हुए

सुना। मैंने चौंककर देखा कि मेरे सामने मेरे ही जैसा एक अंतरिक्ष यात्री खड़ा अपनी ओर मेरा ध्यान खींचने की चेष्टा कर रहा था।

मुझे अपनी ओर घूरते हुए देख उसने कहा, "कप्तान बिसारिया, मेरा नाम नाद्ज है।"

"ओह, महोदय, नाद्ज आप हैं! मैं इन्हीं विचारों में खोया हुआ था, लेकिन आप तो हम जैसे ही लग रहे हैं। हां, आपके वस्त्र लाल रंग के हैं। शायद मंगल ग्रह के रंग जैसे।" मैं एक ही सांस में बोल गया।

"अच्छा, आइए, पहले अन्दर चलें, फिर वहां युद्ध का दृश्य देखने के साथ और बातें होंगी नाद्ज ने आधार शिविर के भवन की ओर मुड़ते हुए कहा।

मैंने देखा, सामने एक सुन्दर आलीशान भवन खड़ा है, बिल्कुल शांत। कहीं कोई हलचल नहीं। मैंने कभी सपने में भी इस बात की कल्पना नहीं की थी कि चन्द्रमा के इस बीहड़ में किसी दूसरे ग्रह के निवासी आकर अपना इतना बड़ा अड्डा स्थापित करेंगे। उसे देखकर मुझको ऐसा लगा कि मंगलवासी चन्द्रमा पर आज से नहीं, काफी अर्से से रहे चले आ रहे हैं, और यदि उनका पृथ्वी पर निरंतर आना-जाना लगा रहता हो तो इसमें कोई आश्चर्य की बात नहीं।

नाद्ज ने आगे बढ़कर अंधकार में ढके विशाल नजर आने वाले भवन के निकट पहुंचकर एक जगह कोई बटन दबाया। तुरन्त दरवाज़ा खुल गया और पल्ला सरसराता हुआ ऊपर जाकर कहीं अदृश्य हो गया। उसके साथ ही भवन रोशनी से चमकने लगा।

चन्द्रमा पर उतरते विमान चालक

अन्दर पहुंचकर कोई ऐसी चीज़ नजर नहीं आई जिससे रोशनी निकल रही हो। किन्तु भवन की सफेद दीवारें, छत और फर्श सभी रोशनी में जगमगा रहे थे।

इन सबसे बढ़कर चौंका देने वाली बात थी वे सभी अंतरिक्ष विमान जो एक विशाल मण्डप के अन्दर रखे हुए थे—स्वयं मेरा अपना विमान भी।

अपने अंतरिक्ष विमान को हेंगर में देखकर मैं चौंका। एक क्षण विचार आया, 'अब तो मैं अपनी मर्जी से जा भी नहीं सकता।' तभी फिर सोचा, 'इसके पहले ही कौन-सा स्वतंत्र था मैं। तब भी चारों ओर से कैदी के समान जकड़ा हुआ उनके साथ खिंचता चला जा रहा था।'

तभी नाद्ज की आवाज़ सुनकर चौंक पड़ा। वह कह रहे थे, "किन विचारों में खो गए, कप्तान साहब? अब हम भवन के अन्दर सुरक्षित हैं। अपना यह शिरस्त्राण (हेल्मेट) उतारिए।"

मैंने चौंककर देखा, नाद्ज अपना हेल्मेट हाथ में लिए खड़े मुस्करा रहे थे।

"क्या मंगलवासी भी हम जैसे दो हाथ, दो पैर वाले जीव होते हैं?" मेरे मुंह से फिर अनायास ही निकल गया।

"बिल्कुल एक जैसे। सिवा इसके कि मंगलवासी रंग में लाल होते हैं, उनके दिल भी दो होते हैं। उनकी स्त्रियां सुन्दर, चुस्त और बुद्धिमान होती हैं।" नाद्ज ने मेरे प्रश्न के उत्तर में हंसते हुए कहा।

इस प्रकार वार्तालाप करते हुए नाद्जे मुझे अपने साथ लेकर हेंगर के

मंगल वासियों को चन्द्रमा पर आधार शिविर

युद्ध के लिए शुक्र ग्रह की ओर जाती उड़नतश्तरियां

बीच में एक चौकी के ऊपर खड़े हो गए। चारों ओर लगे जंगले को ठीक से बंद किया जिसके साथ ही चौकी का नीचे उतरना शुरू हो गया। हेंगर फिर अंधकार से भर गया और मुख्य द्वार बंद हो गया।

चौकीनुमा लिफ्ट दोनों को कितने नीचे ले गई, मैं इसका अनुमान न लगा सका। किन्तु जब वह रुकी तो एक ऐसे विशाल कक्ष में जहां चारों ओर कई प्रकार के यंत्र लगे हुए थे। एक दीवार के साथ दूर-दृश्यपटल लगा था जिसके आगे बीसियों मंगलवासी खड़े युद्ध का दृश्य देख रहे थे।

हम दोनों भी वीडियो (दूर-दृश्यपटल) के सामने आकर खड़े हो गए। नाद्ज ने बताया, "दोनों ओर के युद्ध-विमानों ने एक-दूसरे को देख लिया है, लेकिन अभी भी वे एक-दूसरे से लगभग दस लाख मील की दूरी पर हैं। उन्हें युद्ध की स्थिति में पहुंचने में लगभग छः-सात घंटे लगेंगे।"

"आइए," नाद्ज ने मुड़ते हुए कहा, "हम इस बीच नहा-धोकर ताजे भोजन का स्वाद लें और कुछ विश्राम कर लें।"

अंतरिक्ष यात्रियों और पड़ाव (आधार शिविर) के कर्मचारियों के आवास कक्षों की ओर जाते हुए नाद्ज ने बताया, "यह हमारी वर्कशाप है। वैसे तो हमारे सभी अंतरिक्ष यान अंगारक (मंगल) पर ही बनते हैं; किन्तु आवश्यकता होने पर यानों के रख-रखाव के अलावा यहां निर्माण भी कर लिया जाता है।"

दूसरे कमरे में चारों ओर दीवारों के साथ-साथ तरह-तरह की मशीनें लगी हुई थीं। उनमें कुछ लेथ जैसी थीं, कुछ डायनुमा जैसी, लेकिन कुछ को मुझ पृथ्वीवासी के लिए पहचानना असम्भव था। चारों ओर रेल की

लाइनें जैसी बिछी हुई थीं। उन्हें भारी सामान को इधर-उधर लाने-ले जाने के लिए इस्तेमाल किया जाता था।

रहने के कमरे भी बड़े साफ-सुथरे और आरामदायक थे। भोजनालय बड़ा सुन्दर, बना हुआ था। उसमें जिस प्रकार भोजन पकाया जा रहा था और जिन विभिन्न आकार-प्रकार के बर्तनों का इस्तेमाल किया जा रहा था, वे भी समझ के बाहर थे। किंतु रसोई से आनेवाली सुगंध बड़ी अच्छी लग रही थी।

अपने कमरों में जाने से पहले नाद्ज मुझे पड़ाव (बेस) कमाण्डर, जिसे वे अपनी भाषा में 'ओडूवार' कहते हैं, के कक्ष में ले गए। 'ओडूवार' (कमाण्डर) इस समय थोड़ा विश्राम कर रहे थे। पृथ्वी से भारतीय अंतरिक्ष यात्री के बारे में उनको पूर्व सूचना मिल चुकी थी और वह, एक प्रकार से, मेरा इंतजार ही कर रहे थे। नाद्ज का पद डूवार था– उनसे नीचे।

हम लोगों के अन्दर आने से पहले ही ओडूवार ने आगे बढ़कर मेरा मुक्त हास्य के साथ स्वागत किया। ओडूवार एक लम्बे-चौड़े गठीले बदन के व्यक्ति थे। देखने से ही वे मंगल ग्रह के किसी बड़े घराने के व्यक्ति नजर आ रहे थे।

ओडूवार दानुस ने अपने दोनों हाथ जोड़कर मुझ भारतीय कप्तान का स्वागत करते हुए कहा,"आपको सोम पर अंगारक के इस अग्रिम पड़ाव में देखकर मुझे बड़ा हर्ष हुआ है। हमारा युगों पुराना संबंध अब फिर से इस नये रूप से आरम्भ हो रहा है। यह हम लोगों के लिए गौरव की बात है।"

वह फिर बोले, "मित्रवर नाद्ज, कप्तान जब थोड़ा विश्राम कर लें तब हम लोग वीडियो कक्ष में बैठकर बातचीत करेंगें।"

मुझे ओडूवार का अपने से नीचे पद के अफसर के लिए 'मित्रवर' कहना बड़ा अच्छा लगा।

मैं जब वीडियो कक्ष में पहुंचा तो मुझे ओडूवार दानुस वहां पहले से ही उपस्थित मिले।

मैंने वहां देखा कि चन्द्रमा पर मंगलवासियों के अड्डे में विभिन्न श्रेणियों के लगभग डेढ़ हजार व्यक्ति काम कर रहे थे। वे सभी इस समय हाल में उपस्थित थे। सभी स्वस्थ और चुस्त नजर आ रहे थे।

ओडूवार ने मुझे अपने पास वाली कुर्सी पर बिठाते हुए उपस्थित लोगों से कहा, "मित्रों, क्योंकि वीडियो पर युद्ध का दृश्य अब थोड़ी ही देर में रोचक स्थिति में पहुंचने वाला है। इसलिए इस समय मैं इतना ही कहूंगा कि हम कप्तान बिसारिया को अपने मध्य पाकर बहुत खुस हैं। आइए, कप्तान बिसारिया, इधर मेरे पास बैठिए और युद्ध का आनन्द लीजिए।"

अब इतना समय नहीं रह गया था कि मैं उत्तर में दो शब्द कहता। इसलिए मैंने हाथ जोड़कर और सिर झुकाकर सबका अभिनन्दन स्वीकार किया और ओडूवार दानुस के पास बैठ गया।

बीडियो पर निगाह डालते ही हल्के से कह उठा, "वाह!"

ओडूवार समझे कि शायद मैंने उनसे कुछ कहा है।

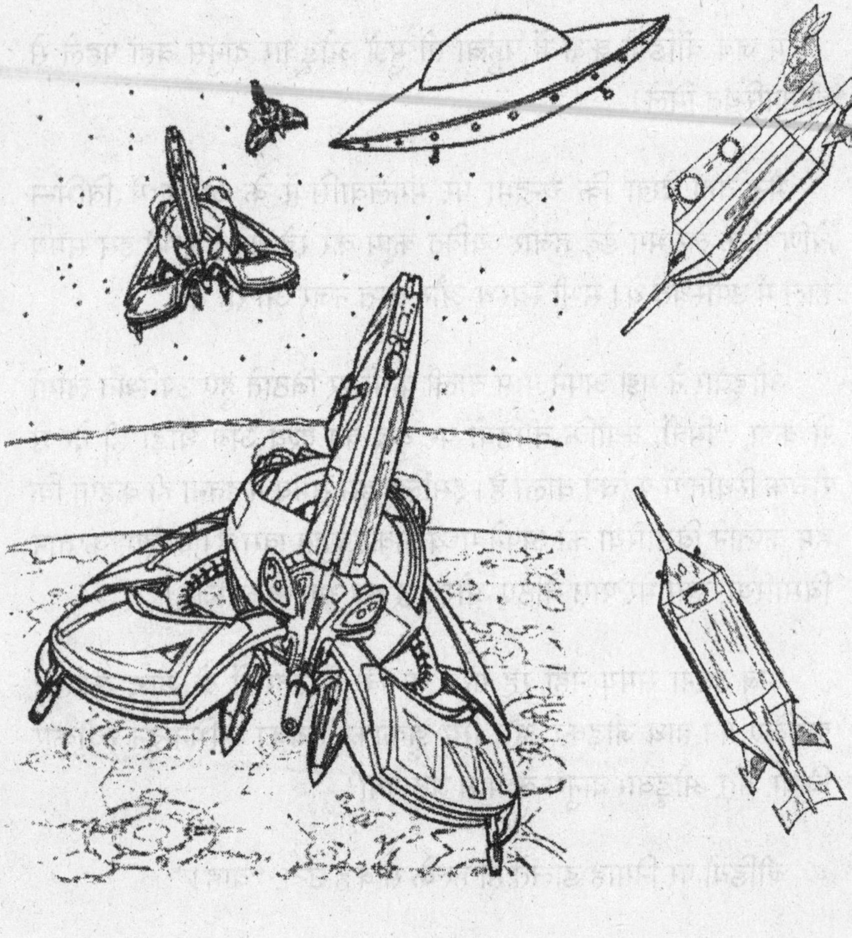

अंतरिक्ष में युद्ध का दृश्य

अतएव उनकी प्रश्न-भरी दृष्टि का उत्तर देते हुए मैंने कहा, "श्रीमान्, मैंने कुछ नहीं कहा। बस, वह सामने दूर अन्तरिक्ष में व्यूह रचना को देखकर मैं आश्चर्य कर रहा था।"

निश्चय ही, स्वाभाविक है, क्योंकि अंतरिक्ष में विमानों का युद्ध देखने का आपके लिए यह पहला अवसर है। अब वह देखिए, हमारे अंतरिक्ष विमानों से तो आप परिचित ही हैं। इन्हें युद्ध-कार्य के लिए अधिक काम को बनाने की दृष्टि से छोटा, चुस्त, चंचल और वेगवान बनाया जाता है। ये दूर मार करने वाले युद्ध-अस्त्रों से लैस रहते हैं। दूसरी ओर वे बेलनाकार शत्रु विमान हैं। इन युद्ध-विमानों के पीछे फैली हुई पूंछ अधिक विनाशकारी होती है।

हमारे विमान तुरत-फुरत, इधर-उधर घूमने, गोता लगाने, लम्बे रूप में ऊपर उठ जाने में बड़े फुर्तीले हैं। किन्तु शत्रु के विमानों को मुड़ने में थोड़ा समय लगता है और उसी का हम लाभ उठाते हैं। हमारे प्रत्येक विमान के आगे एक त्रिकोण और उसकी नोक से निकलता एक शूल है। यह शूल वास्तव में तोप की नली है। त्रिकोण में भी छोटी-छोटी नलियां लगी हुई हैं जिनसे गोलों की मार की जा सकती है।

"अच्छा, अब आगे खुद देखिए और मजा लीजिए।'' ओडूवार ने कहकर दृश्यपटल पर अपनी दृष्टि लगा दी।

मंगल के विमानों की व्यूह-रचना त्रिशूल के आकार की थी जबकि शत्रु के विमान एक तीर की शक्ल में बढ़े चले आ रहे थे। अब वे इतने करीब आ चुके हैं कि दोनों सेनाओं में किसी भी क्षण मुठभेड़ हो सकती थी। किन्तु जैसे-जैसे शत्रु के विमान आगे बढ़ रहे थे, त्रिशूल की नोक हटती हुई

दोनों ओर के फलकों के साथ मिलती जा रही थी और स्वयं दोनों फलक दूर-दूर हटते हुए एक चक्र का रूप धारण करते चले जा रहे थे।

मंगल के बेड़े का ध्वजधारी विमान जो सबसे आगे था, अब तक काफी पीछे हट चुका था। उम्मीद तो मैं यह कर रहा था कि अब वह हमला करने का कुछ इशारा देगा, लेकिन वह तो एकदम से अपने स्थान से ऊपर अंतरिक्ष में उठ गया और उसके साथ ही अपनी पूर्व योजना के अनुसार दोनों ओर के फलकों के विमानों में एक तिहाई विमानों ने ऊपर उठकर और एक-तिहाई ने नीचे गोता लगाकर, शत्रु के विमानों पर गोलाबारी शुरू कर दी।

यह बस इतनी फुर्ती के साथ हुआ कि स्वयं शत्रु भी इस युद्ध का पहले से अनुमान नहीं लगा सका था। इस कुटिल युद्ध-नीति के पहले झटके से सम्हलते-सम्हलते जो दूसरा झटका लगा, वह था शत्रु के विमानों का बड़ी भारी संख्या में विनाश। मित्र पक्ष के विमान कुछ इस प्रकार की विनाशकारी किरणों का प्रयोग कर रहे थे जिनके छूते ही शत्रु विमान का धातु पिघलकर राख हो जाता और चालक अंतरिक्ष के अंधेरे में गायब हो जाते।

इस तेज हमले से शत्रु की व्यूह-रचना तितर-बितर हो गई। ऊपर-नीचे और दोनों बगलों की मार से वे ऐसे बौखलाए कि उन्हें भागने का मार्ग भी खोजना कठिन हो गया।

"शबाश त्रिशूल!" ओडूवार दानुस ने अपनी जांघ पर हाथ मारते हुए कहा, "अब शत्रु के पास हथियार डालने के सिवा और कोई उपाय नहीं है।"

और निश्चय ही इसके कुछ ही क्षणों के बाद शत्रु के ध्वजधारी विमान से आत्मसमर्पण करने का संकेत मिल गया। उसने अपना झंडा नीचे उतार दिया था।

झंडे को नीचे उतारा हुआ देखकर पक्ष के सभी विमान एकदम से अपनी-अपनी गति में रुककर स्थिर हो गए। विजयी कमाण्डर ने सावधानी से आकर शत्रु कमाण्डर से आत्मसमर्पण कराया और उसे अपने विमान पर चढ़ाकर मंगल की ओर चल पड़ा

सुदूर अंतरिक्ष में भयंकर युद्ध कई घंटों तक चलता रहा। शत्रु के विमान जितनी जल्दी नष्ट होते गए उतनी ही जल्दी नये विमान आकर उनका स्थान लेते गए। शत्रु के कितने युद्ध विमान मार गिराए गए, इसका अन्दाज मुश्किल है। हथियार डालने के दृश्य को देखकर तमाम हाल तालियों की गड़गड़ाहट से भर गया।

अपनी कुर्सी से उठते हुए ओडूवार दानुस ने कहा, "मेरे प्यारे साथियों, इस विजय के लिए आप सबको बधाई। यह आप सब लोगों की ही मेहनत का फल है। विजयी अंगारक गर्व से अपना झण्डा फहराता हुआ शत्रु को बंदी बनाकर ले गया।"

दानुस के साथ ही मैंने भी सबके शांत हो जाने पर बड़े संक्षेप में अपने नपे-तुले शब्दों में कहा, "मेरे अंगारक बन्धुओं," मेरे इस संबोधन से तमाम हाल फिर तालियों की गड़गड़ाहट से भर गया, "आज की इस शानदार विजय के लिए भारतवासियों की ओर से आप सबको मेरी बधाई। मैं आपमें से केवल दो-तीन बन्धुओं से ही निकट से परिचित हूं किन्तु आपकी इस विजय और आपके वैज्ञानिक करतब ने मुझे सबसे बड़े घनिष्ठ रूप

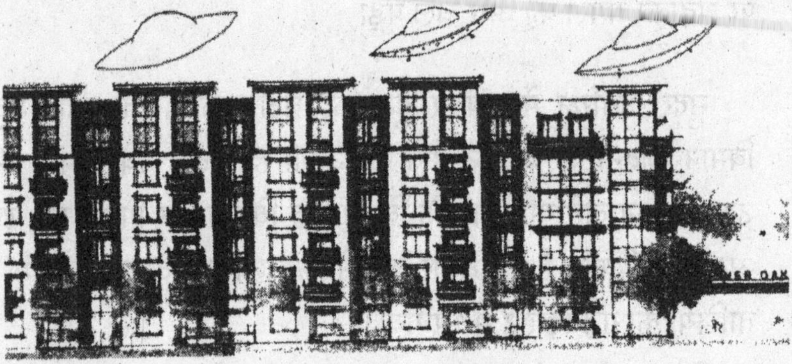

सूर्याति नगर के ऊंचे भवनों की छतों पर उतरते अंतरिक्ष यान

से परिचित करा दिया है...” किन्तु नाद्ज ने बीच में ही उठते हुए कहा, “कप्तान बिसारिया, मुझे क्षमा करेंगे। मैं अब ओड़ूवार दानुस की ओर से विजय पर्व की खुशी में छुट्टी की घोषणा करता हूं। आज के विजय-भोज की समाप्ति पर हम फिर से अंगारक की ओर रवाना हो जाएंगे, क्योंकि अभी-अभी ऐसा ही आदेश मिला है। मंगल की तरफ जाने में अब कोई खतरा नहीं है।”

इसके बाद पूरा हाल मीठे संगीत से भर गया।

अब हमारा बेड़ा मंगल ग्रह के निकट पहुंच रहा था। इस समय मैं एक मंगल यान पर यात्रा कर रहा था। इस यान का चालक अड्डे पर ही ठहर गया था। मेरा खाली यान उसी प्रकार खिंचा हुआ चला आ रहा था।

मैंने अपने यान के दृश्यपटल पर देखा। एक विशाल नगर नजर आ रहा था। पोड़ूवार हर्टन ने यंत्र पर बताया, “यह अंगारक का मुख्य नगर सूर्याति दिखाई दे रहा है। वह ऊंचे-ऊंचे उसके प्रवेश-द्वार नजर आ रहे हैं। वह आकाश में कुछ झूलता हुआ-सा देख रहे हैं आप?”

“जी हां, क्या है यह?” मैंने पूछा।

“ये सब आतिशबाजियां हैं जो आपके स्वागत में सजावट का एक अंग है।” नाद्ज ने उत्तर देते हुए कहा।

यह सुनकर मैं सोच में पड़ गया, “एक पृथ्वीवासी को सुदूर ग्रह पर स्वागत? कैसा आश्चर्य है यह! इन उड़नतश्तरियों में यात्रा करने वाले किसी यात्री को यदि हम पृथ्वी पकड़ लें तो क्या हाल करें उनका?”

जैसे-जैसे हम निकट पहुंचते गए, नगर प्राचीर (परकोटा), ऊंचे-ऊंचे मकान, मंगलवासी स्त्री-पुरुषों से भरे बाज़ार चारों ओर किसी त्यौहार के जैसे मनाए जाने वाले उत्सव की चहल-पहल मधुर संगीत से भरा वातावरण और, और क्या बताऊं मैं? मैं तो ये सब देखकर अचम्भे में आ गया। आखिर मुझसे और अधिक न रहा गया और मैंने नाद्ज़ से पूछ लिया, "यह इतनी चहल-पहल कैसी है? क्या कोई पर्व दिवस है?"

इसका उत्तर मिला पोड़ूवार हर्टन से। उसने हंसते हुए कहा, "इतने उतावले न हों, कप्तान! समय पर सब कुछ मालूम हो जाएगा।"

अब हमारे अंतरिक्ष यान एक ऊंचे भवन की छत पर उतर रहे थे। यह मेरे लिए कम आश्चर्य की बात नहीं थी। लेकिन मैं कुछ बोला नहीं।

यहां मुझे सबसे बड़े आश्चर्य की बात लगी आकाश में चील-कौओं की तरह मंडराते हुए असंख्य गश्ती विमान, जिनका उपयोग वहां की पुलिस करती है। ये लोग इन यानों पर चढ़कर दिन-रात नगर और आस-पास के इलाकों की चौकसी करते रहते हैं।

मैं यह सब सोचने और देखने के साथ-साथ उस ऊंची इमारत से नगर का मोहनेवाला यह दृश्य भी देख रहा था। नीचे चौड़ी-चौड़ी सड़कों पर घूमते नर-नारी गुड्डे-गुड़िया-से लग रहे थे।

अपनी अंतरिक्ष की वेश-भूषा को बदलकर नाद्ज़, हर्टन और अन्य साथी जब मेरे पास आकर खड़े हो गए तो उन्हें देखकर मैं चौंका। मैंने कहा, "माफ करें, मैं अभी कपड़े बदलकर आता हूं।"

हम लोग अपने-अपने छोटे यानों पर सवार होकर वा-सोडूवार (मुख्य

वायु सेनाध्यक्ष) के घर की छत पर उतरे। मैं यान को चला रहा था और नाद्ज मेरे साथ बैठे थे।

मंगल के आसमान में उड़ते समय मैंने देखा कि उसकी गुरुत्वाकर्षण शक्ति पृथ्वी से कम है। तेज चलना कठिन था। कई बार ध्यान न रहने पर तेज चलता तो हवा में तैरने लगता।

मंगल की धरती लाली लिए हुए है। इस कारण पृथ्वी पर से वह लाल नजर आता है। मंगलवासियों के शरीर का रंग लाली लिए हुए सुनहरा होता है।

मंगल के कई हिस्सों में वृक्ष मानव बसते हैं। कुछ लोग तपते लोहे के रंग के होते हैं। मंगल पर मैं कुल छः-सात दिन ठहरा, इस कारण अधिक जानकारी नहीं ले सका, और न ही इन लोगों से मिल सका। इन लोगों से मिलने में खतरा भी तो था। यान चलाते समय उसके अंदर यंत्रों को देखकर मैंने कहा, "आपके इन यानों को चलाना तो बड़ा सरल और सुरक्षित लगता है।"

"इसके बिना हम अपनी लम्बी अंतरिक्ष उड़ानों में सफल भी नहीं हो सकते,"

नाद्ज ने कहा, "एक बार इन्हें निश्चित रास्ते पर स्थिर करके हम आराम से पैर पसारकर सो जाते हैं। आगे सब कुछ यह अपने-आप कर लेता है।"

"हां, जो जितना सरल होता है, उसमें उतनी ही शक्ति भी होती है।" मैंने कुछ सोचते हुए कहा।

मंगल ग्रह पर क्लोमाधारा साम्राज्य की राजधानी सूर्याति का एक दृश्य

"आपने यह एक ऐसी बात कही है कप्तान, जिसके लिए हम बहुत आभारी हैं।" नादूज ने सिर झुकाते हुए कहा।

सुर्याति क्लोमाधारा साम्राज्य की राजधानी है। यहां पर यानों के लिए छतों पर हेंगर बने हुए हैं और वहीं पर आने-जाने वाले विमानों की चौकीदारी के लिए पहरेदार रखे जाते हैं।

छत पर से उतरकर बातें करते हुए जब हम नीचे पहुंचे तो मेरा यहां पर जैसी स्वागत किया गया, उसे देखकर मैं दंग रह गया। स्वयं वा-सोडूवार हाड उरटर ने अपने फौजी अफसरों के साथ घुटने टेककर नमस्कार किया और बड़े स्नेह के साथ स्वागत करते हुए कहा, "आइए सोम बिसारिया! हम कितनी उत्सुकता से आपका इंतजार कर रहे हैं। सारा नगर आपके इंतजार में उतावला हो रहा है। स्वयं जेड्डक (सम्राट) टारडोस मोर्स भी आपकी प्रतीक्षा में हैं।"

वा-सोडूवार के संकेत पर नादूज ने मुझसे कहा, "अब हम जेड्डक के साथ ही रात्रि भोज करेंगे।"

और वास्तव में संध्या का झुटपुटा होते ही नगर स्निग्ध प्रकाश से भर गया। उसे देखकर मुझे मंगल की चन्द्रमा स्थित 'बेस' की याद हो आई। नीचे जुलूस की पूरी तैयारी थी।

उसे देखकर मैंने कहा, "ऐसा लगता है कि मुझ जैसे तुच्छ अंतरिक्ष यात्री का एक भारतीय के रूप में नहीं बल्कि पृथ्वी के प्रतिनिधि के रूप में यहां स्वागत किया जा रहा है।"

"आपका अनुमान बिल्कुल सही है। यह हमारा पृथ्वी नहीं, भारत के

प्रति सम्मान का प्रदर्शन है," हाड उरटर ने कहा, "और चूंकि आप प्रथम भारतवासी अंगारक पर आए हैं, इसलिए इस स्वागत के हकदार हैं।"

नगर में उमड़ती हुई भीड़ को देखकर मेरा हृदय गद्गद हो गया। मैं हृदय के भावों को छिपा न सका और मेरी आंखों से अश्रुधारा बह निकली। राजमहलों तक पहुंचने में हमें पूरे पांच घंटे लगे। नगर में अनगिनत तोरणों और स्वागत-द्वारों की सजावट से बढ़-चढ़कर राजमहलों की सजावट देखकर मैं दंग रह गया। क्लोमाधारा साम्राज्य की राजधानी सूर्याति पहाड़ों में बसी हुई है। ऊंचे-ऊंचे पहाड़, लम्बी-चौड़ी घाटियां, हरे-भरे मैदान और उन पर सुन्दर, हमारी पृथ्वी के समान ही आधुनिक ढंग से बसा हुआ नगर।

यद्यपि विमानों के कारण ऊंचे-ऊंचे नगर-द्वार और चारों ओर बने परकोटे का कोई महत्त्व नहीं है लेकिन फिर भी आस-पास बसने वाले आदिवासियों से बचने में ये काम देते हैं और फिर पुरानी परम्परा भी चली आ रही है जिसे ये मंगलवासी छोड़ना नहीं चाहते।

राजसी स्वागत वास्तव में वर्णन से बाहर है। वहां राजघराने के सभी स्त्री-पुरुष हाजिर थे। मैं उस राजसी स्वागत का उसी शाही अंदाज में किस प्रकार माकूल उत्तर दे सका, इसका मैं खुद बयान नहीं कर सकता।

लेकिन ऐसा स्वागत मैंने पृथ्वी पर पहले कभी नहीं देखा था।

स्वागत के क्षणों में आकाश में छूटती आतिशबाजी और विमानों पर से होती पुष्प-वर्षा अपना अलग रंग जमा रहे थे।

मैंने अपनी भारतीय सभ्यता के अनुसार जेड्डक को संबोधित करते हुए

मंगल ग्रह में पृथ्वी के यान की जांच करते वैज्ञानिक

वहां ऊंचे घराने के सभी एकत्रित स्त्री-पुरुषों से कहा, "महाराजाधिराज और मेरे प्रिय अंगारक बंधुओं! मैं इस शानदार स्वागत का हृदय से आभार प्रदर्शन करने के साथ आपसे यह निवेदन कर देना अपना परम कर्तव्य समझता हूं कि जिन हालात में मैं यहां आया हूं, वे ऐसे हैं कि मैं स्वयं अपनी, अपने देश की और भू-लोकवासियों की ओर से केवल शुभकामनाएं ही अर्पित कर सकता हूं।" इसके साथ ही मैंने अंतरिक्ष युद्ध की चर्चा की।

वैज्ञानिक क्षेत्र में मंगल के साथ समानता के आधार पर सहयोग मांगा। अंगारक पर ठहरने के दौरान वैज्ञानिक कार्यों के देखने की इच्छा प्रकट की और फिर धन्यवाद करने के साथ स्वयं अपनी और अपने देशवासियों की ओर से पुनः शुभकामनाएं अर्पित कीं।

मंगल ग्रह पर मेरा एक हफ्ते का कार्यक्रम बड़ा व्यस्त रहा। इस एक हफ्ते में मैंने मंगल पर जो-जो वैज्ञानिक करिश्मे देखे, वे सचमुच में बड़े अनोखे थे। अंतरिक्ष और अन्य प्रकार के विमान बनाने के इतने कारखानों को देखकर मैंने ओड़ूवार फाल तवान से इसके कारण का पता लगाया।

छोटे-बड़े हवाई जहाज वहां रोजमर्रा के काम में आने वाले वाहन हैं, जैसे हमारे यहां साइकिल, स्कूटर आदि। इसका यह मतलब नहीं कि वहां सड़कों पर चलने वाले वाहन नहीं हैं, ये भी हैं, किन्तु तेज रफ़्तार से काम करने और देश की तरक्की के लिए ये छोटे-बड़े यान ही ठीक रहते हैं।

"इनमें काम आने वाले ईंधन की समस्या को कैसे हल किया आपने?" मैंने पूछा।

इसका उत्तर था, ईंधन की समस्या का सबसे बड़ा उपाय यह है कि

मंगल ग्रह के वाहनों में गुरुत्वाकर्षण शक्ति पैदा करने वाला इंधन

इनमें विशेष उपायों द्वारा ग्रह की गुरुत्वाकर्षण शक्ति को इकट्ठा करके ईंधन के रूप में इस्तेमाल किया जाता है।

उन यानों की एक अन्य विशेषता है दिशा नियंत्रक यंत्र। "उसमें लगी सुई को गोलार्द्ध में किसी भी निश्चित स्थान की ओर जमा दिया जाता है। फिर यान को पूरी रफ़्तार पर छोड़ दीजिए और लम्बी तानकर सो जाइए। अपने ठिकाने पर पहुंचकर यान रुक जाएगा। नीचे आकर ज़मीन से कुछ ऊंचाई पर ठहर जाएगा और उसमें लगायी अलार्म शोर मचाकर आपको जगा देगी या सावधान कर देगी। यह एक बड़ी साधारण लेकिन उपयोगी युक्ति है।" ओडूवार फाल तवान ने बताया।

"निसन्देह, लेकिन मुझे जो सबसे उपयोगी युक्ति लगी, वही है भूमि से सीधे ऊपर उठ जाना और वैसे ही नीचे उतर आना, कहीं भी अधर में ठहर जाना, क्योंकि इसका मैंने अभी हुए युद्ध में बड़ा प्रभावी प्रदर्शन देखा था और शायद वही आपके जीतने का रहस्य भी था। इसमें आप पृथ्वी के गुरुत्वाकर्षण का मुकाबला किस प्रकार करते हैं?" मैंने पूछा।

ओडूवार फाल तवान ने मुस्कराकर उत्तर में कहा, "कप्तान महोदय, इसका उत्तर तो हमारे वा-सोडूवार ही दे सकेंगे।"

मैंने भी इसका उत्तर मुस्कराकर ही देते हुए बात बदलकर कहा, "आपका यह कारखाना तो इतना विशाल है कि इसको एक-दो हफ्तों में देख पाना भी कठिन रहेगा।"

वापस लौटने पर नाद्ज को मैंने अपनी प्रतीक्षा में बैठे पाया। मंगल पर मेरी देखभाल का सारा काम नाद्ज पर ही था। हम लोगों ने वा-सोडूवार के

साथ बैठकर भोजन किया। थोड़ा विश्राम कर लेने के बाद हम राजमहलों की ओर रवाना हो गए।

जाने से पहले नाद्ज ने मुझे मंगल ग्रह पर पहने जानेवाले वस्त्रों में सजाया। मुझे यह जानकर ताज्जुब हुआ कि जिस प्रकार हम लोग भारत में कपड़े पहनना पसंद करते हैं, वैसे ही ये लोग भी। इनकी मान्यता है कि नंगे बदन रहने पर मनुष्य अधिक स्वस्थ रहता है। अतएव मेरे वस्त्रों में था एक अधोवस्त्र। यह रेशम जैसे धागे का बड़ा ही सुन्दर बना हुआ था और धोती के समान पहना जाता है। उसके ऊपर का शरीर नग्न रहता है। कमर में राजचिन्ह युक्त चमड़े की एक पेटी होती है जिसमें छोटी-बड़ी तलवारें और पिस्तौल धारण करने का प्रबंध है। पैरों में सैण्डलनुमा जूते। गले में जड़ाऊ कण्ठा, कंधे पर हल्के गुलाबी रंग का उत्तरीय और खुले बाल।

मंगल ग्रह पर इस तरह के वस्त्र पहने जाने का कारण है वहां का खुला वातावरण, जिसके कारण वहां सूरज की धूप बड़ी तेज लगती है। मंगल के विषुवत रेखा के निकट होने से सूरज की किरणें वहां सीधी पड़ती हैं और भारी वस्त्र पहनना कठिन हो जाता है। रात में भी तापमान इतना रहता है जितना हमारे मार्च-अप्रैल के महीनों में जो बड़ा सुहावना और सुखकर लगता है। नाद्ज और अन्य अधिकारी वर्ग भी ऐसे वस्त्र पहने हुए थे। उनसे मैंने हंसते हुए कहा, "हमारा भी पहनावा बहुत कुछ ऐसा ही होता है। हां, पश्चिमी प्रभाव में अब हम दूसरे काट-छांट के वस्त्र पहनने लगे हैं।"

जब हम राजभवन पहुंचे तो पता चला कि पूरा दरबार लगा हुआ है, जिसमें मेरे पूरे राजकीय सम्मान का बंदोबस्त किया गया था।

राजदरबार खचाखच भरा हुआ था। सभी वर्ग के लोग उसमें उपस्थित थे। मंगल पर पर्दे का रिवाज़ नहीं है। स्त्रियां भी उसमें उपस्थित थीं।

मंगल ग्रह के अपने चन्द्रमा हैं–फोबोस और डेमोस। इसके कारण वहां अंधेरी रातें बहुत कम समय के लिए होती हैं। जब दोनों चन्द्रमा एक साथ आकाश में होते हैं, उस समय रात्रि अनोखी बन जाती है। भोज के समय दोनों ही चन्द्रमा आकाश में आकर हम लोगों को चांदनी का आनन्द दे रहे थे। उस समय एक युवती जिसका ध्यान, मैंने देखा, मेरी ओर विशेष रूप से आकर्षित हुआ था, धीरे-धीरे आकर मेरे पास खड़ी हो गई।

नाद्ज ने सम्मानपूर्वक उठकर उसको नमस्कार किया और घूमकर बताया, "यह हमारी राजकुमारी ताबिया मार्स हैं। यह आपके भूगोल के बारे में जानने के लिए विशेष उत्सुक हैं।"

मैंने खड़े होते हुए हाथ जोड़कर उनका अभिवादन किया और थोड़े शब्दों में अपनी पृथ्वी के बारे में बताकर कहा, "जिस तरह स्वयं मैं यहां आए बिना यहां के बारे में जान नहीं सकता था, उसी प्रकार जब तक आप वहां न चलें, वहां के बारे में जानना कैसे संभव हो सकता है, राजकुमारी जी?

"अब हमारे दोनों ग्रहों के बीच संबंध स्थापित हो गया है। आपके यान पृथ्वी पर आते रहते हैं। हमें भारत में आपका स्वागत करने में बड़ी प्रसन्नता होगी।"

लेकिन इतनी सरलता से मुझे छुटकारा नहीं मिला। रात भर जागकर जितना संभव हो सकता था, पृथ्वी के बारे में जानकारी देनी पड़ी।

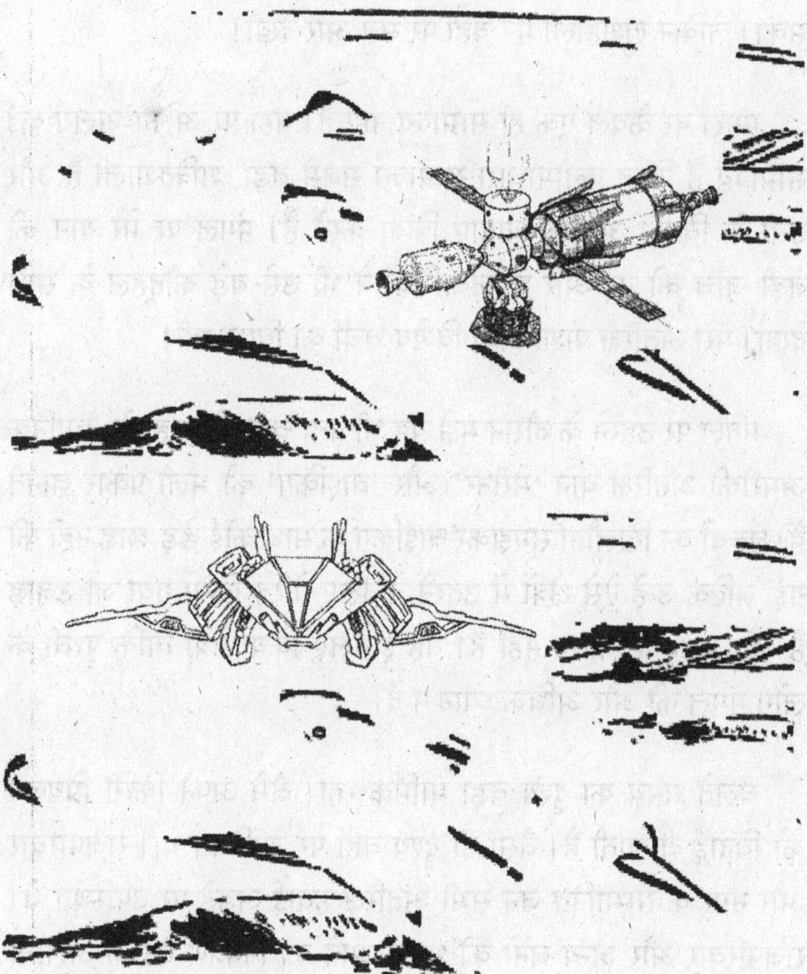

मंगल की वीरान सतह पर अमेरिका के यान मेरीनर और वाइकिंग

मैं इतने थोड़े समय के लिए मंगल ग्रह पर ठहरा और फिर इसके अलावा राजकीय भोज आदि में इतना अधिक व्यस्त रहा कि मंगलवासियों के सामाजिक जीवन और उनके निजी रहन-सहन से विशेष परिचित न हो सका। लेकिन खुशहाली मैंने वहां पर सब ओर देखी।

मंगल पर केवल एक ही साम्राज्य नहीं है। वहां पर अलग-अलग कई साम्राज्य हैं किन्तु क्लोमाधारा साम्राज्य सबसे बड़ा, शक्तिशाली है और उसी के विमान अंतरिक्ष यात्राएं किया करते हैं। मंगल पर मेरे यान की बड़ी जांच की गई और मंगलवासियों ने भी उसे बड़े कौतूहल के साथ देखा। मेरी अंतरिक्ष पोशाक भी विशेष चर्चा का विषय रही।

मंगल पर ठहरने के दौरान मुझे यह भी पता चला कि वहां के वैज्ञानिक अमरीकी अंतरिक्ष यान 'मेरीनर' और 'वाइकिंग' को भली प्रकार जानते हैं। बच्चों का खिलौना समझकर वाइकिंग के साथ कोई छेड़-छाड़ नहीं की गई, बल्कि उन्हें ऐसे क्षेत्रों में उतरने के लिए प्रेरित किया गया जो उजाड़ है और जहां पर जीवन नहीं है। यह इसलिए किया गया ताकि पृथ्वी के लोग मंगल की ओर अधिक ध्यान न दें।

चलते समय का दृश्य बड़ा मार्मिक रहा। जैसे अपने किसी प्रियजन को विदाई दी जाती है। वैसा ही दृश्य वहां पर उपस्थित था। राजपरिवार और नगर के सम्मानित जन सभी अंतरिक्ष हवाई अड्डे पर उपस्थित थे। राजपरिवार और अन्य जनों को भारत आने का निमंत्रण देने के अलावा विदा होने से पहले मैंने राजकुमारी से नाद्ज के बेड़े के साथ फिर सूर्याति आने का वादा किया।

क्लोमाधारा का एक शक्तिशाली सैनिक दस्ता हमें बहुत दूर तक

अंतरिक्ष में छोड़ने आया। उसके बाद हमें सैनिक अभिवादन करके वह वापस लौट गया अथवा किसी ओर गश्त पर निकल गया, मैं देख न सका।

मार्ग में बहुत-सी बातें नाद्ज से जानी। राजपरिवार और कुमारी ताविया मोर्स के बारे में भी जानकारी हासिल की। चन्द्रमा के निकट से गुज़रने पर ओडूवार दानुस और पड़ाव के सभी साथियों को नमस्कार भेजा।

चन्द्रमा को पार करने के बाद नाद्ज ने रेडियो यंत्र पर मुझसे कहा, "कप्तान महाशय, अब आप थोड़ा आराम कर लें। आप निश्चिंत होकर सोइए। जहां से हमने आपको साथ लिया था, वहां पहुंचने से थोड़ा पहले ही आपकी आंखें स्वयं ही खुल जाएंगी और आप अपने-आपको स्वस्थ पाएंगे। अच्छा, अब नमस्ते।"

स्वर शांत होने के साथ ही दृश्यपटल और लाउडस्पीकर भी शांत हो गए। मुझे ऐसा लगा, जैसे शरीर में भरपूर अलसतां और आंखों में नींद की खुमारी भरती जा रही है, भरती जा रही है। मेरी जब आंख खुली तो उस समय मेरा विमान पृथ्वी की कक्षा में चक्कर लगा रहा था।

मंगल के सब विमान जा चुके थे। उनका दृश्यपटल पर कहीं चिन्ह तक नहीं था। मैंने नाद्ज से संबंध स्थापित करना भी चाहा किन्तु वह न हो सका।

पृथ्वी का अनुपम दिखाई दे रहा था। मेरा विमान लगभग 190 किलोमीटर की ऊंचाई पर पृथ्वी की परिक्रमा कर रहा था, उत्तर से दक्षिण की दिशा में इस समय विमान पर्वतराज हिमालय के ऊंचे शिखरों की ऊंचाइयों को लांघकर भारत के मैदानों की ओर बढ़ रहा था। मैंने दूरबीन

से देखा, समस्त पर्वतराज मानो नीचे भूमि पर लेटकर साष्टांग प्रणाम कर रहा हो। उसके सभी रहस्य सभी गोपनीय स्थल, मानो उभर-उभर कर दृष्टि-पथ में चले आ रहे थे।

मैंने अपना दूरभाष यन्त्र उठाया और संकेत दिया, "हेलो, पृथ्वी! हेलो!! हेलो!! मैं कप्तान बिसारिया बोल रहा हूं।"

पृथ्वी से सुनाई पड़ा, "हेलो! हेलो!! हेलो, कौन? कप्तान बिसारिया? आप? क्या....."

पृथ्वी के नियंत्रण केन्द्र से आनेवाले स्वर से स्पष्ट था कि वह कप्तान बिसारिया के नाम को सुनकर चौंक पड़ा था। नियंत्रण केन्द्र से फिर आवाज़ आई, "हेलो, हेलो कप्तान बिसारिया, क्या आप मुझे सुन रहे हैं?"

मैंने उत्तर दिया, "हां! मैं बिसारिया आपको सुन रहा हूं। मैं इस समय गंगा-यमुना की पवित्र भूमि के ऊपर से उड़ रहा हूं। मेरे लिए आगे क्या आदेश है?"

पृथ्वी, "आपके अकस्मात बोल उठने से यहां हलचल मच गई है। अभी जल्दी ही परामर्श करके आपको अगला कार्यक्रम बताया जाएगा। असल में आपसे संपर्क टूट जाने के बाद से यहां अस्त-व्यस्त हो गया है। निदेशक को सूचना दी जा रही है।"

•••

प्रश्नोत्तरी

1. मंगल ग्रह से कौन सा यान धरती पर आया था?

   (अ) राकेट (ब) सैटेलाइट

   (स) उड़नतश्तरी (द) हैलीकॉप्टर

2. अमेरिका और रूस के बाद किस देश का यान अंतरिक्ष में गया था?

   (अ) भारत (ब) पाकिस्तान

   (स) जापान (द) चीन

3. भारत के यान चालक का क्या नाम था?

   (अ) नाद्ज (ब) कैप्टन सोम बिसारिया

   (स) हर्टन (द) जेड्डक

4. भारत के यान को किस ग्रह के यानों ने घेरा?

(अ) शुक्र (ब) मंगल

(स) बुध (द) गुरु

5. मंगल ग्रह के यान चालक कौन सी भाषा में भारत के यान चालक से बातें कर रहे थे?

(अ) उर्दू (ब) अंग्रेज़ी

(स) चीनी (द) हिन्दी

6. भारतीय यान चालक के पास खाने-पीने का सामान कितने दिन का था?

(अ) दो-तीन दिनों का (ब) पांच माह का

(स) पन्द्रह-बीस दिनों का (द) पांच-दस दिनों का

7. अंतरिक्ष में मंगल ग्रह और उसके शत्रु के बीच युद्ध कौन से ग्रह पर हुआ?

(अ) शुक्र पर (ब) मंगल पर

(स) बुध पर (द) प्लेटो पर

8. पोडूवार, डूवार, ओडूवार व वा-सौडूवार किसकी वायु सेना के पदनाम है?

(अ) पृथ्वी (ब) बुध

(स) शनि (द) मंगल

9. मंगल ग्रह के यान चालकों ने अंतरिक्ष में आधार शिविर (बेस) किस पर बनाया हुआ था?

(अ) पृथ्वी पर (ब) चन्द्रमा पर

(स) शुक्र पर (द) शनि पर

10. भारतीय चालक ने मंगल ग्रह के यानों को चन्द्रमा पर किस पर लटकते हुए देखा?

(अ) हेंगर पर (ब) आधार शिविर की छत पर

(स) आकाश पर (द) पेड़ों पर

11. कप्तान बिसारिया एवं मंगल ग्रह के यान चालकों ने शुक्र पर युद्ध का दृश्य कहां से देखा?

(अ) अंतरिक्ष यान से (ब) चन्द्रमा से

(स) शुक्र से (द) पृथ्वी से

12. क्लोमाधारा राज्य की राजधानी कहां थी?

(अ) सुर्यवती (ब) अंगारक

(स) सुर्याति (द) मंगलम

13. क्लोमाधारा की राजकुमारी का क्या नाम था?

(अ) ताबिया मार्स (ब) मंगला

(स) अंगारक मार्स (द) सुर्याति मार्स

14. मंगल वासियों के कितने दिल होते हैं?

(अ) एक (ब) दो

(स) तीन (द) चार

उत्तर

1. (स), 2. (अ), 3. (ब), 4. (ब), 5. (द), 6. (स), 7. (अ), 8. (द), 9. (ब), 10. (अ), 11. (ब), 12. (स), 13. (अ), 14. (ब)।

क्या आप जानते हैं?

1. पृथ्वी से मंगल की दूरी 5,60,00,000 किलोमीटर है।
2. पृथ्वी से चन्द्रमा की दूरी 3,82,144 किलोमीटर है।
3. हमारे सौरमण्डल में नौ ग्रह है।
4. सूर्य के सबसे निकट बुध ग्रह है।
5. सूर्य से सबसे दूर प्लेटो नामक ग्रह है।
6. हमारे सौरमण्डल का सबसे बड़ा ग्रह गुरु (बृहस्पति ग्रह) है।
7. मंगल का एक वर्ष 687 दिनों का होता है।
8. पृथ्वी का एक वर्ष 365 दिनों का होता है।
9. ब्रह्माण्ड में सभी ग्रहों का आकार लगभग गोल है।
10. चन्द्रमा पर किसी भी प्रकार की आवाज़ नहीं है। वहां का वातावरण पूर्णरूप से शांत है, क्योंकि वहां पानी, हवा या गैस नहीं है।

11. हमारे सौरमण्डल के सभी ग्रह सूर्य का चक्र लगाते हैं।

12. पृथ्वी पर दिन और रात 24 घंटे के होते हैं।

विचित्र लेकिन सत्य!

1. मंगल ग्रह के दो चन्द्रमा फोबोस व डेमोस हैं।

2. ब्रह्माण्ड में असंख्य आकाश-गंगा हैं।

3. एक सौरमण्डल के परिवार को मिलाकर एक आकश-गंगा बनती है।

4. मंगल ग्रह लाल रंग का दिखाई देता है।

5. शनि के चारों ओर गैस का एक छल्ला बना हुआ है।

6. पृथ्वी दूर से नीली दिखाई देती है।

7. चांद की दूरी धीरे-धीरे प्रतिवर्ष 3 सेंटीमीटर की दर से बढ़ रही है।

8. चांद पर कुछ भी विकसित नहीं कर सकते हैं, लेकिन चांद की मिट्टी पर पृथ्वी में पौधे उगाये जा सकते हैं।

9. सौरमण्डल के ग्रह यदि गुरुत्वाकर्षण की शक्ति से न बंधते तो वे एक दूसरे से टकराकर समाप्त हो जाते।

10. मंगल के दो चन्द्रमा 26000 किलोमीटर व 16,400 किलोमीटर की दूरी पर हैं, वे मंगल ग्रह का एक के बाद एक चक्कर लगाते रहते हैं।

11. पृथ्वी का व्यास लगभग 12,640 किलोमीटर है।

12. 1971 में सबसे पहले अमेरिका के अंतरिक्ष यान 'मेरीनर' ने पृथ्वी पर मंगल ग्रह की तस्वीरें भेजी थी।

•••